DIE NACHT
IST WIE EIN STILLES MEER

DIE NACHT
IST WIE EIN STILLES MEER

Ein poetischer Bilderbogen

Bucher

Photos von Gerhard P. Müller und Norbert Rosing

Konzeption und Anthologie: Brigitte Leierseder
Graphische Gestaltung: Dieter Löbbert
Schutzumschlag: Bertram Schmidt
Herstellung: Angelika Kerscher

Printed in Germany
ISBN 3 7658 0454 1

Mondbeglänzte Zaubernacht,
die den Sinn gefangen hält,
wundervolle Märchenwelt,
steig auf in der alten Pracht!

Ludwig Tieck

Vergiß, vergiß und laß uns jetzt nur dies
erleben, wie die Sterne durch geklärten
Nachthimmel dringen; wie der Mond die Gärten
voll übersteigt. Wir fühlten längst schon, wies
spiegelnder wird im Dunkel; wie ein Schein
entsteht, ein weißer Schatten in dem Glanz
der Dunkelheit. Nun aber laß uns ganz
hinübertreten in die Welt hinein
die monden ist –

RAINER MARIA RILKE

Abend am Wasser

Hohe Bäume, die der Abend bräunte
Mit dem Fall des Abends vom Zenit –
Helles Wasserauge, buschumsäumte
Spiegelung des letzten Lichtes – wie ein Lied

Lebst du klar und still, im Wind geboren,
Doch der Osten birgt sie schon, die Schattennacht,
Bis du ganz in Dunkelheit verloren,
Ozean für einer Wolke schwarze Fracht.

ODA SCHAEFER

Ligurischer Abend

Langsam und rosenfarben
steigt der ligurische Abend
aus dem Meer empor,
Verdammnis liebender Herzen
und ferner Dinge.
Die Paare verweilen in den Gärten,
die Fenster erhellen sich eines
nach dem anderen wie viele Theater.
Im Dunst versunken
duftet das Meer.
Die Kirchen am Ufer sind wie Schiffe,
die gerade auslaufen.

VINCENZO CARDARELLI

Abendständchen

Hör, es klagt die Flöte wieder,
Und die kühlen Brunnen rauschen.
Golden wehn die Töne nieder,
Stille, stille, laß uns lauschen!

Holdes Bitten, mild Verlangen,
Wie es süß zum Herzen spricht!
Durch die Nacht, die mich umfangen,
Blickt zu mir der Töne Licht.

CLEMENS BRENTANO

Ein Liebeslied

Komm zu mir in der Nacht – wir schlafen engverschlungen.
Müde bin ich sehr, vom Wachen einsam.
Ein fremder Vogel hat in dunkler Frühe schon gesungen,
Als noch mein Traum mit sich und mir gerungen.
Es öffnen Blumen sich vor allen Quellen
Und färben sich mit deiner Augen Immortellen…
Komm zu mir in der Nacht auf Siebensternenschuhen
Und Liebe eingehüllt spät in mein Zelt.
Es steigen Monde aus verstaubten Himmelstruhen.
Wir wollen wie zwei seltene Tiere liebesruhen
Im hohen Rohre hinter dieser Welt.

Else Lasker-Schüler

Die Mondscheinsonate

Laß mich mit dir kommen. Was für ein Mond heute abend!
Der Mond ist gut – man wird nicht sehen,
daß meine Haare grau geworden sind. Der Mond
wird mein Haar wieder golden machen. Du wirst nichts merken.
Laß mich mit dir kommen.

Wenn der Mond scheint, werden die Schatten im Haus größer,
unsichtbare Hände bewegen die Gardinen,
ein bleicher Finger schreibt im Staub auf dem Klavier
vergessene Worte – ich will sie nicht hören. Schweig.

Jannis Ritsos

An den Mond

Füllest wieder Busch und Tal
Still mit Nebelglanz,
Lösest endlich auch einmal
Meine Seele ganz;

Breitest über mein Gefild
Lindernd deinen Blick,
Wie des Freundes Auge mild
Über mein Geschick.

Jeden Nachklang fühlt mein Herz
Froh- und trüber Zeit,
Wandle zwischen Freud und Schmerz
In der Einsamkeit.

Fließe, fließe, lieber Fluß!
Nimmer werd ich froh,
So verrauschte Scherz und Kuß,
Und die Treue so.

JOHANN WOLFGANG VON GOETHE

Mondesaufgang

O Mond, du bist mir wie ein später Freund,
Der seine Jugend dem Verarmten eint,
Um seine sterbenden Erinnerungen
Des Lebens zarten Widerschein geschlungen,
Bist keine Sonne, die entzückt und blendet,
In Feuerströmen lebt, im Blute endet, –
Bist, was dem kranken Sänger sein Gedicht,
Ein fremdes, aber o ein mildes Licht.

Annette von Droste-Hülshoff

Nachts hören, was nie gehört wurde:
den hundertsten Namen Allahs,
den nicht mehr aufgeschriebenen Paukenton,
als Mozart starb,
im Mutterleib vernommene Gespräche.

GÜNTER EICH

Nachts

Versunken in die Nacht.
So wie man manchmal den Kopf senkt, um nachzudenken,
so ganz versunken sein in die Nacht.
Ringsum schlafen die Menschen. Eine kleine Schauspielerei,
eine unschuldige Selbsttäuschung, daß sie
in Häusern schlafen, in festen Betten, unter festem Dach,
ausgestreckt oder geduckt auf Matratzen,
in Tüchern, unter Decken, in Wirklichkeit haben sie
sich zusammengefunden wie damals einmal
und wie später in wüster Gegend,
ein Lager im Freien, eine unübersehbare Zahl Menschen, ein Heer,
ein Volk, unter kaltem Himmel auf kalter Erde,
hingeworfen wo man früher stand,
die Stirn auf den Arm gedrückt,
das Gesicht gegen den Boden hin, ruhig atmend.
Und du wachst, bist einer der Wächter,
findest den nächsten durch Schwenken des brennenden Holzes
aus dem Reisighaufen neben dir.
Warum wachst du?
Einer muß wachen, heißt es. Einer muß da sein.

Franz Kafka

Es war eine von jenen unheimlichen Nächten,
wo Licht und Finsterniß schnell und seltsam mit einander
abwechselten. Am Himmel flogen die Wolken,
vom Winde getrieben, wie wunderliche Riesenbilder vorüber,
und der Mond erschien und verschwand
im raschen Wechsel. Unten in den Straßen herrschte
Todtenstille, nur hoch oben in der Luft
hauste der Sturm, wie ein unsichtbarer Geist.

AUGUST KLINGEMANN

Du bist mein Mond, und ich bin deine Erde;
Du sagst, du drehest dich um mich.
Ich weiß es nicht, ich weiß nur, daß ich werde
In meinen Nächten hell durch dich.

Du bist mein Mond, und ich bin deine Erde;
Sie sagen, du veränderst dich.
Allein du änderst nur die Lichtgebärde
Und liebst mich unveränderlich.

Du bist mein Mond, und ich bin deine Erde;
Nur mein Erdenschatten hindert dich,
Die Liebesfackel stets am Sonnenherde
Zu zünden in der Nacht für mich.

FRIEDRICH RÜCKERT

Der Mond

Das Licht, welches vom Mond herunterfließt,
gilt nicht dem Schauplatz unseres Tagesdaseins.
Die Weite, die es zweifelhaft erhellt,
scheint einer Gegen- oder Nebenerde zu gehören.
Sie ist nicht mehr die, die der Mond
als Satellit folgt, sondern sie selbst in einen
Mondtrabanten verwandelte.
Ihr breiter Busen, deren Atemzug die Zeit war,
rührt sich nicht mehr; endlich ist
die Schöpfung heimgekehrt und darf nun
wieder den Witwenschleier antun,
den der Tag ihr fortgerissen hatte.

Walter Benjamin

Mir sind die Städte Feind, mir Freund die Wälder,
Nun der Gedankenflug sich längs der Wiese
Entzückt ergeht, zum Murmelspiel der Wellen,
In dieser milden Schweigsamkeit der Nächte:
Ersehnt mein ganzer Tag doch nur den Abend
Und daß die Sonne bleiche vor dem Monde.

Ach, daß ich heut halbschlafend unterm Monde
Gelagert wäre, hinterm Grün der Wälder!
Und Jene, die mir Grund zu so viel Abend
Vor Abends ist, Sie käme durch die Wiese
Mit Mond und Glut, für heute nacht, o Nächte!
Fernab der Tag, die Sonne tief in Wellen.

PETRARCA

Die Nacht

Alles war wie verzaubert,
der Berg schlummerte wie ein großes, gutes,
jahrtausendealtes Kind,
und die Nacht umfing mich mehr und mehr
wie mit weichen Frauenarmen.
Wie ich an eine freie, baumlose Stelle kam,
sah ich unten in milder, wundervoller Tiefe
die Stadt mit ihren schwererkennbaren Häusern
und mit ihren zahlreichen Lichtern liegen,
und die vielen Lichter,
so anmutig in die Ebene versprengt,
schienen in einem Meer von
Traulichkeit, Treuherzigkeit und Redlichkeit
zu schwimmen.

Robert Walser

Mondnacht

Es war, als hätt' der Himmel
die Erde still geküßt,
daß sie im Blütenschimmer
von ihm nun träumen müßt'.

Die Luft ging durch die Felder,
die Ähren wogten sacht,
es rauschten leis die Wälder,
so sternklar war die Nacht.

Und meine Seele spannte
weit ihre Flügel aus,
flog durch die stillen Lande,
als flöge sie nach Haus.

Joseph von Eichendorff

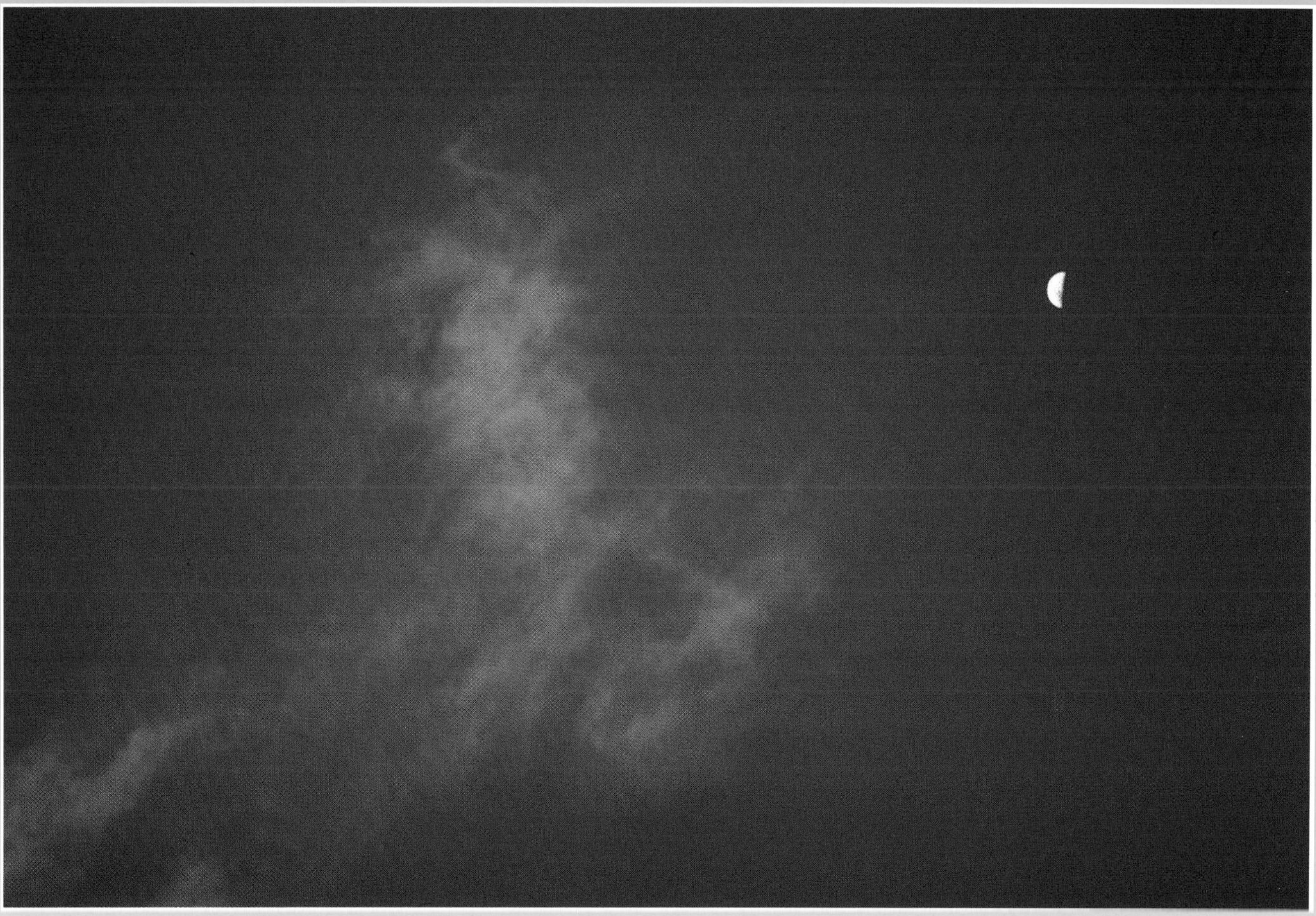

Nacht; Juli; Mond, rund, rot. Wald wunderbar verdunkelt.
Umblaut, verschwiegen, schweigsam. Gestirne überfunkelt
Der Himmel, südlich fast, von namenloser Reinheit, Süße.
Die gelben Felder tief im Schlaf, windlos, von Mohn durchglüht,
Und eine durch die Gärten Gehende, die schneeigsten Nacktfüße
Vom Tau des Grases und der Blumen schimmernd übersprüht,
Zärtlich und zierlich, oh, und violett umblüht
Von Flieder (span'schem), schwermütig, voll Feuerfliegen.
Die aus den Büschen brannten, in den Dämmer stiegen
Mit grünem Licht. Drossel schrie toll und hoch.

Anton Schnack

Ich möchte schlafen diese Nacht,
da du nun tot bist; schlafen,
schlafen, schlafen im Gleichklang
mit deinem vollkommenen Schlaf;
vielleicht erfaß ich dich so!

Schlafen; Tagesanbruch einer Nacht,
Quelle des Flusses; schlafen;
zwei Tage, die gemeinsam leuchten
im großen Nichts, zwei dunkle Ströme,
die gemeinsam endlich fließen;
zwei Alles, wenn das etwas ist;
zwei Nichts, wenn Alles Nichts...

Gern möchte ich dein Sterben schlafen!

JUAN RAMÓN JIMÉNEZ

Die Traumwelt ist ein Reich für sich,
mit besonderer Landeshoheit und eigenem Verkehrswesen.
Drahtlose Phantasie entführt auf geheimen Wegen
den Träumenden blitzschnell an die entlegensten Stellen,
zum Beispiel in die früheste Kindheit zurück,
und läßt ihn dort wieder genau so schauen und fühlen,
wie er einst geschaut und gefühlt hatte.

Carl Spitteler

PANE IN PIAZZA

Die Nacht ist eine Mohrin, eine Heidin!
Sie nähert sich soeben ruhevoll Venedig,
Und dort bereitet man sich laut zu einem Feste,
Um hohe Gäste hold und huldvoll zu empfangen.

THEODOR DÄUBLER

Die Silhouette der Metropole,
ein Meer aus Neongefunkel, Lichterketten und -türmen,
tastet sich aus dem Dunkel hervor.
Nach und nach lassen sich Konturen erkennen,
schnelle, bewegliche, Autospuren;
Menschendepots. Ein atemloser Wechsel von Zuständen.

MONA WINTER

Wir sind aus solchem Zeug wie das zu Träumen,
Und Träume schlagen so die Augen auf
Wie kleine Kinder unter Kirschenbäumen,

Aus deren Krone den blaßgoldnen Lauf
Der Vollmond anhebt durch die große Nacht.
...Nicht anders tauchen unsre Träume auf,

Sind da und leben wie ein Kind, das lacht,
Nicht minder groß im Auf- und Niederschweben
Als Vollmond, aus Baumkronen aufgewacht.

Das Innerste ist offen ihrem Weben;
Wie Geisterhände in versperrtem Raum
Sind sie in uns und haben immer Leben.

Und drei sind Eins: ein Mensch, ein Ding, ein Traum.

HUGO VON HOFMANNSTHAL

Komm, wir wandeln zusammen im Mondschein,
so zaubrisch glänzt jedes Blatt,
vielleicht steht auf einem geschrieben,
wie lieb mein Herz dich hat.

Komm, wir wandeln zusammen im Mondschein,
der Mond strahlt aus Wellen bewegt,
vielleicht, daß du ahnest, wie selig
mein Herz dein Bildnis hegt.

Komm, wir wandeln zusammen im Mondschein,
der Mond will ein königlich Kleid
aus goldenen Strahlen dir weben,
daß du wandelst in Herrlichkeit.

Peter Cornelius

Helle Nacht

Weich küßt die Zweige
Der weiße Mond.
Ein Flüstern wohnt
Im Laub, als neige,
Als schweige sich der Hain zur Ruh;
Geliebte du –

Der Weiher ruht, und
Die Weide schimmert.
Ihr Schatten flimmert
In seiner Flut, und
Der Wind weint in den Bäumen;
Wir träumen, – träumen –

Die Weiden leuchten
Beruhigung.
Die Niederung
Hebt bleich den feuchten
Schleier hin zum Himmelssaum:
O hin – o Traum –

Paul Verlaine

Ich dachte gestern nacht,
die Sterne müssen singen,
als ich aufgewacht
und es leise hörte klingen.

Es war aber eine Handharfe,
die durch die Räume drang,
und durch die kalte, scharfe
Nacht klang es so bang.

Dachte so verlornem Ringen,
Gebeten und Flüchen nach,
und noch lange hört' ich es singen,
lag lang noch wach.

Robert Walser

Fernen der Erinnerung,
Wünsche der Jugend,
der Kindheit Träume,
des ganzen langen Lebens
kurze Freuden und
vergebliche Hoffnungen
kommen in grauen Kleidern
wie Abendnebel
nach der Sonne Untergang.
In andern Räumen
schlug die lustigen Gezelte
das Licht auf.
Sollte es nie zu seinen
Kindern wiederkommen,
die mit der Unschuld
Glauben seiner harren?

NOVALIS

Winternacht

Nicht ein Flügelschlag ging durch die Welt,
Still und blendend lag der weiße Schnee.
Nicht ein Wölklein hing am Sternenzelt,
Keine Welle schlug im starren See.

Aus der Tiefe stieg der Seebaum auf,
Bis sein Wipfel in dem Eis gefror;
An den Ästen klomm die Nix herauf,
Schaute durch das grüne Eis empor.

Auf dem dünnen Glase stand ich da,
Das die schwarze Tiefe von mir schied;
Dicht ich unter meinen Füßen sah
Ihre weiße Schönheit Glied um Glied.

Mit ersticktem Jammer tastet' sie
An der harten Decke her und hin –
Ich vergeß das dunkle Antlitz nie,
Immer, immer liegt es mir im Sinn!

GOTTFRIED KELLER

Gesang zur Nacht

Vom Schatten eines Hauchs geboren
Wir wandeln in Verlassenheit
Und sind im Ewigen verloren,
Gleich Opfern unwissend, wozu sie geweiht.

Gleich Bettlern ist uns nichts zu eigen,
Uns Toren am verschloßnen Tor.
Wie Blinde lauschen wir ins Schweigen,
In dem sich unser Flüstern verlor.

Wir sind die Wandrer ohne Ziele,
Die Wolken, die der Wind verweht,
Die Blumen, zitternd in Todeskühle,
Die warten, bis man sie niedermäht.

Georg Trakl

Schwarz

Schwarze Schmetterlinge im Gebirge
Trauermäntelchen
Wenn der Mond sich verzehrt hat
Bin ich wer weiß hinter ihm.

Sarah Kirsch

Halber Schlaf

Die Finsternis raschelt wie ein Gewand,
Die Bäume torkeln am Himmelsrand.

Rette dich in das Herz der Nacht,
Grabe dich schnell in das Dunkele ein,
Wie in Waben. Mache dich klein,
Steige aus deinem Bette.

Etwas will über die Brücken,
Es scharret mit Hufen krumm,
Die Sterne erschraken so weiß.

Und der Mond wie ein Greis
Watschelt oben herum
Mit dem höckrigen Rücken.

Georg Heym

Wen nie in stiller süßer Nacht
Die Einsamkeit geküßt,
Wer nie am Bergeshang gewacht,
Wenn Vollmond ihn begrüßt,
Der kennt auch nicht die Zaubermacht,
Die Busch und Stein entsprießt.
O lange, dunkle, stille Nacht,
Sei wieder mir begrüßt.

Ludwig Tieck

Mit halber Stimme rede ich zu dir:
Wirst du mich hören
Hinter dem bitteren Kräutergesicht des Mondes,
Der zerfällt?
Unter der himmlischen Schönheit der Luft,
Wenn es Tag wird,
Die Frühe ein rötlicher Fisch ist mit bebender Flosse?

Du bist schön.
Kühl und trocken ist deine Haut.
Dein Blick – sanft und sicher wie der eines Vogels.
Ich sage es dem schwingenden Wind.
Dein Nacken – hörst du – ist aus Luft,
Die wie eine Taube durch die Maschen
   des blauen Laubes schlüpft.

Du hebst dein Gesicht.
An der Ziegelmauer erscheint es noch einmal als Schatten.
Schön bist du. Du bist schön.
Wasserkühl war dein Schlaf an meiner Seite.
Mit halber Stimme rede ich zu dir.
Und die Nacht zerbricht wie Soda, schwarz und blau.

Karl Krolow

Tag und Traum

Meine Gedanken sind schlafen gegangen.
Aber die Seele ist tiefer erwacht.
Und im Netz meines Traumes verfangen,
bring ich dem Tag die Wunder der Nacht.

Was im Licht zu Trümmern zerstoben,
schwankt im Taumel des irdischen Scheins.
Siehe, die Nacht ist von Wundern durchwoben,
und die Dinge und Seelen sind eins.

Der Tag weiß nur sich, hat die Seele vergessen
in der Lage der Zeit und des Raums,
aber unendlich und unermessen
wächst die Welt im Wunder des Traums!

Meine Gedanken sind schlafen gegangen.
Aber die Seele ist tiefer erwacht.
Und im Netz meines Traumes verfangen,
bring ich dem Tag die Wunder der Nacht.

Kurt Gröbe

Morgengedanken

Der Mond verbirget sich, der Nebel grauer Schleier
Deckt Luft und Erde nicht mehr zu;
Der Sterne Glanz erblaßt, der Sonne reges Feuer
Stört alle Wesen aus der Ruh.

Der Himmel färbet sich mit Purpur und Saphiren,
Die frühe Morgenröte lacht,
Und von der Rosen Glanz, die ihre Stirne zieren,
Entflieht das bleiche Heer der Nacht.

Albrecht von Haller

Traum

Ich flog an das Ufer, wo der Honig blühte,
am anderen blühte der Wein;
und wie ich ging, folgte mir auf den Wellen hüpfend
mein geschmücktes Schiffchen
mit breiten als Segel aufgeblähten Blumen nach –
ich ging in hohe Blütenwälder,
wo der Mittag und die Nacht nebeneinander wohnten,
und in grüne Täler
voller Blumendämmerungen
und auf helle Höhen,
wo blaue Tage wohnten,
und flog wieder hinab ins blühende Schiff,
und es floß in Wellenblitzen
über Edelsteine weiter in den Frühling hinein,
der Rosensonne zu.

JEAN PAUL

Im Osten graut's, der Nebel fällt,
wer weiß, wie bald sich's rühret!
Doch schwer im Schlaf noch ruht die Welt,
von allem nichts verspüret.

Nur eine frühe Lerche steigt,
es hat ihr was geträumet
vom Lichte, wenn noch alles schweigt,
das kaum die Höhen säumet.

JOSEPH VON EICHENDORFF

Quellennachweis

Der Verlag dankt den Copyright-Besitzern für die freundliche Genehmigung zum Nachdruck.

5 Ludwig Tieck. Aus: Quell der Nacht. Verlag Langewiesche-Brandt, Ebenhausen bei München 1952.

6 Rainer Maria Rilke. Aus: Gedichte an die Nacht. Suhrkamp Verlag, Frankfurt am Main 1976.

8 Oda Schaefer. Aus: Der grüne Ton. Späte und frühe Gedichte. Piper Verlag, München 1973.

10 Vincenzo Cardarelli. Aus: Italienische Lyrik der Gegenwart. C. H. Beck Verlag, München 1980.

12 Clemens Brentano. Aus: Gedichte der deutschen Romantik. Königstein 1979.

14 Else Lasker-Schüler. Aus: Gesammelte Werke, Band 1. Kösel Verlag, München 1961.

16 Jannis Ritsos. Aus: Milos Geschleift. Hanser Verlag, München 1979.

18 Johann Wolfgang von Goethe. Aus: Aus Deutscher Dichtung. Herausgegeben von Margit Weidemann. München 1973.

20 Annette von Droste-Hülshoff. Aus: Das Wort der Dichter. Herausgegeben von Walter Gebel. München 1978.

22 Günter Eich. Aus: Botschaften des Regens. Suhrkamp Verlag, Frankfurt am Main 1955.

24 Franz Kafka. Aus: Er. Prosa von Franz Kafka. Fischer Verlag, Frankfurt am Main.

26 August Klingemann. Aus: Nachtwachen. Von Bonaventura. Insel Verlag, Frankfurt am Main 1974.

28 Friedrich Rückert. Aus: Gedichte der deutschen Romantik. Königstein 1979.

30 Walter Benjamin. Aus: Schriften, Band I. Suhrkamp Verlag, Frankfurt am Main 1955.

32 Francesco Petrarca. Aus: Sonette und Kanzonen. Übersetzung und Einleitung von Bettina Jakobsen. Leipzig 1913.

34 Robert Walser. Aus: Phantasieren. Prosa aus der Berliner und Bieler Zeit. Korsodo Verlag, Genf und Hamburg 1966.

36 Joseph von Eichendorff. Aus: Gedichte der deutschen Romantik. Königstein 1979.

38 Anton Schnack. Aus: Liebe. Herausgegeben von Nina Kindler. Kindler Verlag, Zürich 1980.

40 Juan Ramón Jiménez. Aus: Die Lyra des Orpheus. Herausgegeben von Felix Braun. Heyne Verlag, München 1978.

42 Carl Spitteler. Aus: Zeichen der Zeit, Band 4. Herausgegeben von Walter Killy. Luchterhand Verlag, Darmstadt 1981.

44 Theodor Däubler. Aus: Dichtungen und Schriften. Herausgegeben von Friedhelm Kemp. Kösel Verlag, München 1956.

46 Mona Winter. Aus: Zitronenblau. Herausgegeben von Mona Winter. Verlag Frauenoffensive, München 1983.

48 Hugo von Hofmannsthal. Aus: Gedichte und Lyrische Dramen. Herausgegeben von Herbert Steiner. Fischer Verlag, Frankfurt am Main 1970.

50 Peter Cornelius. Aus: Liebe. Herausgegeben von Nina Kindler. Kindler Verlag, Zürich 1980.

52 Paul Verlaine. Aus: Galante Feste. Heyne Verlag, München 1980.

54 Robert Walser. Aus: Im Mondenschein. Gedichte. Verlag Benno Schwab & Co., Zürich 1944.

56 Novalis. Aus: Hymnen an die Nacht. Bühl Verlag, Herrliberg – Zürich 1945.

58 Gottfried Keller. Aus: Deutscher Almanach. Herausgegeben von Reinhard Pozorny. Berg 1979.

60 Georg Trakl. Aus: Aus Goldenem Kelch. Die Jugenddichtungen. Otto Müller Verlag, Salzburg 1939.

62 Sarah Kirsch. Aus: Rückenwind. Verlag Langewiesche-Brandt, Ebenhausen bei München 1977.

64 Georg Heym. Aus: Dichtungen und Schriften, Band 1. Herausgegeben von Karl L. Schneider. Beck Verlag, München 1964.

66 Ludwig Tieck. Aus: Quell der Nacht. Verlag Langewiesche-Brandt, Ebenhausen bei München 1952.

68 Karl Krolow. Aus: Die Struktur der Modernen Lyrik. Herausgegeben von Hugo Friedrich. © Karl Krolow.

70 Kurt Gröbe. Aus: Deutscher Almanach. Herausgegeben von Reinhard Pozorny. Berg 1979.

72 Albrecht von Haller. Aus: Deutsche Barocklyrik. Herausgegeben von Herbert Cysarz. Reclam Verlag, Stuttgart 1964.

74 Jean Paul. Aus: Sämtliche Werke, Band 1. Hanser Verlag, München 1971.

76 Joseph von Eichendorff. Aus: Gedichte der deutschen Romantik. Königstein 1979.

Abbildungsnachweis

Gerhard P. Müller: S. 7, 9, 11, 13, 15, 17, 31, 33, 35, 37, 39, 41, 43, 45, 47, 61.
Norbert Rosing: Titel, S. 19, 21, 23, 25, 27, 29, 49, 51, 53, 55, 57, 59, 63, 65, 67, 69, 71, 73, 75, 77.